歌集

山雨海風

雁部貞夫

砂子屋書房

石巻ハリストス正教会の沙中にあった軒瓦（平成25年10月 撮影）

＊目次

装本・倉本　修

歌集

山雨海風

飯豊の浅葱

平成十七年

湯殿山巡拝の碑は天保十五年飢饉のなきを乞ひて行きしや

五百年の命保てるあららぎに会ひし幸ひ湯の湧く峡に

あららぎの大樹の下の墓ひとつ政宗に敗れし戦しるして

茅ぶきの大内集落賑ひて独活売るはよし今日の家苞

この冬の雪にも耐へて尽くるなき泉に汲みぬ濁りなき水

辛味よき飯豊の浅葱さかなとし今宵二合の酒「弥右衛門」

北一平を憶ふ

北の詩人と言はば小熊か更科かわが同僚の一平さんは小熊賞得つ

君の受賞をラジオ告げゐし酒場にてしたたか飲みきネ・プラスウルトラ

賞うけしは君が刻苦の詩集『魚』読まむとすれど誰《た》が持ち去りし

喘息を病みての後も莨吸ふその頑迷を吾は愛せり

詩作する友らに会はぬこと久し酔余の果によく喧嘩して

獅子吼

髪乱し車上に獅子吼のタイラント「恰好いい」と手を振る女

駅頭にて小泉首相を見る

三百四十の議席与へて恥づるなきこの国人のあな恐しや

最低の歴史教科書採択しいま最悪のわが杉並区

「三月《みつき》」にはルビを振れども「海蘊」には振らぬ校正泣かせと今日も戦ふ

地に塀に禁煙の文字忌々し校正終へて出で来し街に

月の夜に吾を訪ひ来る者は誰ガラス戸たたくは野良猫ミイか

書肆「壺中天」　　平成十八年

青梅街道南へ入れば古書肆あり憂さ晴らすべきわが「壺中天」

店頭の沙中に拾ふ宝とも先づは手にとる『洛中書問』

硬貨一枚渡せば吾がもの拾ひ読む漢学吉川、独文大山の丁丁発止

詩を巡る第一書簡はゲーテの「旅人の夜の歌」東西の詩の優劣問ひて

希少なる書物捨て去る今の世か辰野隆の『谷崎潤一郎』得つ

少年の吾には刺激強かりき父に隠れ読みふけりたる『武州公秘話』

カフェ・ミニヨンに響くバッハのパルティータわれは楸邨『死の塔』を読む

釈迦苦行像

釈迦像に魂入るる今日の式太鼓轟きわが身ゆるがす

老師らの声明の声高まればわが身しばらく恍惚として

鎌倉・建長寺にて

「大地震を悼みて薬湯今日はなし」典座の僧は笑ひを誘ふ

落合先生八十歳の夏なりき共に仰ぎぬ柏槙の樹々

大庫裡に暑を避け君と語らひき耶律楚材を馬乳の酒を

上等と下等に分けし末寺幾百伊豆は貧しき下国と嘆く

西域を語ればたちまち刻すぎぬ一山こめて蟬鳴きゐたり

「靄々と沈む茜」と詠みましし心を思ふ柏槙の樹下

某刀自を憶ふ

歌絶えて幾年ならむ壮年の文明先生を詠みつぎゐしに

近々と湖より見ゆる君の里茂吉の書簡掲げいまさむ

この湖の乾し海老送りしかの刀自に住むに家なしと嘆きし茂吉

土浦の鰻食はむと吾が問へば産地知らぬが美味いよと言ふ

予科練の街にも旨き珈琲店百年前は塩倉たりし

まことにはこの湖詠みしと思ふかの一首「迷ふことあり人といふもの」

扇畑忠雄氏逝く

先生の「真野萱原」説うべなへど面影に立つは故里稲井の真野の萱原

「待つことのなき境界に近づく」と詠まれし一首ふと思ひ出づ

アララギの者など居らぬ窪田ゼミに憲吉称へき異端者われは

「憲吉論序説」と記ししノート一冊古びて残る書棚の奥に

「仙台の駄菓子送るよ」と電話たびし利枝夫人のなまりなつかし

バー・フラムボウにて

高麗の盃に今年の第一酒満たせば浮かぶ「立」のひと文字

歳々にこの盃使ひて四十年「立志」は遠し古稀の迫れば

古書の店乏しくなりし京の「百万遍」カントもヘーゲルも埃かぶりて

京洛の町いく筋か上下して妻といこふ高瀬河畔のバー・フラムボウ

「灯火《フラムボウ》」にヒマラヤを知るマダム居て山を語れば憂き世忘るる

持ち株の時価一兆も夢ならずとひと誇りしもいまは紙屑

無限増殖の如く増えゆく金と株一夜に壊ゆからくりは何

ホリエモンとはやされし水の泡一つバーチャル社会のスケープ・ゴート

ゲルベ・ゾルテ

田井安曇氏「煙草」の姓に驚けど煙草谷さんはわれらの仲間

煙草の害説く彼の者も毒吐ける己が車は見て見ぬふりか

禁煙ファッショの象徴として吾は見るホーム先端のこの喫煙所

今朝もまた「特快」二本逃したりホームの端に莨すふ間に

葭手に「時の流れ」を口ずさみボギーは大人を教へてくれた

この世より姿消せるかトルコ巻きゲルベ・ゾルテを今一度喫ひたし

パキスタンより友のもたらす「黄金の葉《ゴルード・リーフ》」イギリス巻きの味たしかなり

伯方島の春

橋脚を支ふるのみの島もあり伯方の春に逢はむと来れば

遠く来て島のなだりに楤を摘む太きも混じる芽を十あまり

燧灘のカワハギ甘し馬面とさげすむ者は食ふことなかれ

船折の瀬戸越え行くはパナマの白き船逆まく潮におもむろに入る

音に聞く伯方の塩田今はなく海老を養ふ池と化したり

ブランド名今に残れど伯方塩なかみは遠きメキシコの産

マングローブの森切り拓き海老を飼ふタイもルソンも日本のために

マングローブ亡ぼすも沙漠緑化に励むも日本人ためらひて食む海老二十匹

さは言へど伯方の活ける車海老食めばキトキト甘味ひろがる

馬島に蕨摘みしはいつの春すこやかなりし都倉毅と

水煙草

ヒマラヤに果てし友らを偲ぶ会われは辛くも命ひろひて

篠懸《チナール》の樹下に水煙草を喫ふ写真その時のわれ二十八歳

水煙草の瓢《ふくべ》のどやかに音立てき夕べの光移らふ峡に

深田久弥の齢《よはひ》を越えしわれ等とぞ友に言はれてしばし愕然

久弥氏に代はりて家継ぎし弥之介老つひに身罷る九十八歳

地下駅の何処かで水の音がする酔ひてベンチに安らふときに

余呉の桜

自然石に刻めるやさしき萩の歌とほく丹波に来り手触れし

鈴江幸太郎歌碑

歌会にて知るのみなりし沢田氏の宮司姿の所作きびきびと

三世代幕引く喜び申さむに寂し平岩不二男氏の姿見えぬは

ヒマラヤを語るわが友も住むと知りいよいよ親し丹波の里は

山の上より近かぢか見ゆる湖二つ北の余呉湖も桜爛漫

兵火さけある時は湖に沈みたる御手なき仏を今日はをろがむ

連帯

若者を支ふるフランスのデモ幾十万人いまだ連帯はかく息づきて

フランス式デモ企てし遠き日よ日本のカルチェ・ラタン目指して

憲法九条すてて愛国心を強ひる国かかる事態を人は怒らず

容易には怒らぬことを美徳とし上意下達のわれらの祖国

収まらぬ怒りのあれば口に出づ「身捨つるほどの祖国はありや」と

早大の制服姿の修司ゐきすでに短歌を捨て去りし頃か

わが宋胡録

ヒマラヤの帰途に香港廟街《ミャオガイ》さまよひぬ社会復帰は如何にせむかと

太洋《オーシャン》埠頭の夜風に吹かれ喫ひゐたりハバナの葉巻つひの一本

貧書生われにも買ひ得し宋胡録《すんころく》欧米人は色絵漁れば

明末清初の文人遺せる印数顆「抱琴軒」をわが雅印とす

側面に「天棲先生雅正」と刻みたる古印を愛す寿山の石の

串田孫一清の雅印と論じゐきその亡き今は切に読みたし

宋胡録の酒盃いくつか今もあり朝の一杯夕べ一合

虫干しを終へし漢籍帙に入る独酌独吟いざ始めむか

宋胡録のくすみし青磁に注《そそ》ぐ酒しみじみ旨し山昏れゆきて

山裾の会津盆地は灯ともし頃人恋ふる心なきにしもあらず

山の家に一人起き伏すこの三日陽水を聴くボリューム上げて

ヨウスイのその名を聞きて三十年違和感持ちき羊水かとも

陽水はこの世を怒る獅子に似て小泉某は狒々と言ふべし

ニュース見れば今日も説きゐる「愛国心」われには見ゆる偽善者めきて

崑崙の玉

和田《ホータン》はタクラマカンの西の果て媼の歌あり驚きて読む

ホータンは古の于闐国にて玉の故地媼もかの地に玉求めしや

楼蘭も于闐も立入禁止にて葱嶺の雪のみ眺めてわれ帰り来ぬ

葱南先生即ち木下杢太郎の号葱嶺の南にちなむと思ひ至りぬ

葱南先生としばしば記しし君を思ふ在さば崑崙の玉語らむに

落合京太郎先生

「法顕の辿りし道が目に浮かぶ」スタインの地図見て語りしはるか夏の日

むし暑き一日なれど快よし歌稿に西域行の媼を知れば

岡村寧次*の墓

＊支那派遣軍総司令官、墓は原宿・長安寺にあり

岡村将軍に好意持ちゐし文明先生か「西三河通信」にしかと知りたり

北京にて岡村大将と会見せし事実を石川信雄記せり作歌ノートに

支那派遣軍の布告は昭和十九年「掠めるな辱しめるな暴行するな」と

三光作戦命じしもこの司令官殺戮掠奪焼き払ふこと

蔣介石に投降し戦犯たるを免れき邦人二百万人無事に帰国させよと

白団《パイダン》と言ふを記憶す岡村の意を受け蔣を助けし日本人軍事顧問団

中共軍の戦犯指定第一号運強く生きのびたりし岡村寧次は

岡村大将の墓見て帰ればニュース一つA級戦犯の合祀を怒る天皇のこと

華麗島頌歌

懲りもせず求めし西川満の詩書五冊足踏むところ無きわが部屋に

伝しるす成否は知らず追ひゆかむこの阿佐ヶ谷に住みし詩人を

その祖父は秋山新七会津の武士にして故里会津の初代の市長

送り来し西川満の古書リスト迷ひまよひて選ぶ『華麗島頌歌』を

この月の年金の半ばすつ飛ぶと思へど買はむ『林本源庭園賦』は

西川本の装画は立石鉄臣氏なつかし新米編集者われにやさしかりにき

「これでいいかね」と給ひし南蛮船のカット一枚高田馬場の小さき家に

飛騨めでた　大下宣子女史に

高々と杯上げて歌ふべし此の世の歌も来む世の歌も

凛とせる顔にて酒を注ぎくるる孫《うまご》景虎ことし七歳

そのかみの少年少女も還暦か謡ひ舞ひ且つ飲みて飽かざる

「角正」のお内儀早稲田に学びしと興じて語るハンカチ王子を

君のうからいづれ劣らぬ美男美女「お花一家」と世に謳はれて

「不遇なる子ほど可愛いいもの」と詠む君はまさしく飛騨の女ぞ

身みづから両性具備と君言へど夫恋ふる歌最もよろし

「飛騨めでた」江戸の木遣りに通ふかとわれも歌へり声もとどろに

くれなゐの「甲虫《ビートル》」駆りて山路ゆく頼もしメリー・ウイドゥ宣子

飛騨ふた夜ふた夜ながらの星月夜雲わき立てば雪山《ヒマール》に似る

京の孤独死――柏木如亭　　　平成十九年

江戸のランボオと後の世称へし如亭山人京の孤独死五十七歳

ゆくりなく京都にて得し如亭の『詩本草』詩の本ならず食の本なり

永観堂の裏山のぼり終に見出づ柏木如亭埋骨の碑を

森銑三先生に如亭教はり五十年今日来り立つその碑の前に

京洛の美味と如亭も記したる松蕈かをる「錦」もとほる

落魄の詩人支へし祇園の女あり詩史には伝ふ長玉僊と

死にかけし如亭を蘇へらせしとぞ琴平の酒「養老春」は

北極星号

上海へ索かるる途上の北極星号《ステラ・ポラリス》空しく沈む紀州の海に
九月二日早暁、潮岬沖にて沈没す

売られゆく船はかつてのステラ・ポラリスか白亜のヨット五千噸なり

「貴婦人」の船齢およそ八十歳いたはる術を知らぬ奴ばら

幾年か三津《みと》の有磯につなぎしに長旅強ひしは日本企業

アール・デコ盛期の北欧生まれにて硝子の壁に椰子の樹刻む

銀の盆金と緑の大き皿少女は唄ふ北欧の歌を

甘美なる船の一夜と言ひつべし三鞭酒《シャンパン》などを酌み交はしつつ

ラウンジの天蓋満たす星餐図かの夜の伴はオーロラ夫人

林芙美子旧居

『清貧の書』に描きしは堀の内の日々吉村氏の家にて働きしことありしとぞ

ペン部隊たちしは福岡雁の巣飛行場その時われは母の胎内にゐき

肥身短軀の林芙美子の傍らに軍装りりし深田久弥は

「梅凛々し九山少尉出征す」虚子の一句を思ひ出でつも

巴里日記やぶり捨てたる幾か所か人さまざまに恋隠蔽す

内田堅二氏を悼む

さきたまの寄居に鮎を愛でまし君のほほゑみ忘れざるべし

思はざる早きその死を惜しめども医を継ぐみ子らあるは頼もし

武蔵小川の歌会再び興さむと基金ゆたかに設けまししに

病みてなほ歌への激しき意欲知るをだやかなりし君のノートに

飛騨・蒲田谷

北遠き薬師岳より南下六日たどり着きしはこの蒲田《がまた》の湯

ホームシックの生徒らなだめ山越えしこともなつかし半世紀たつ

河原の湯埋めしは伊勢湾台風か大岩一つに見覚えのあり

宿一つなしと嘆きしウエストン百年経し今あまた湯の宿

ウエストンを山へ導く常次郎熊獲る槍を手にせる写真

西穂へのロープウェイに人ら群れ空には遭難救助のヘリ一機とぶ

北野天神界隈

久々に天神詣でを果したり「う」の字大きな暖簾をくぐる

死にかけし詩人を蘇生させせし酒語りつつ酌む「呉春」の二合

郷に入らば郷に従へよく焼きし上方風の鰻またよし

この春の名残りの雪の降り来しと声あり酌まむ越のよき酒

盃重ね今宵の妻は下戸ならず越後の酒はやはり旨しと

酔眼のそぞろに歩む北野白梅町しつかりせよと春の雷《いかづち》

葉巻の香り

年頭の観音力か善き人のありて文明先生の小色紙たまふ

「三年前のマニラの葉巻」を喫ふ一首掲げて新しき年迎へたり

香港の福和煙公司に得て四十年ハバナはいまだよき香たもてり

残り少なきハバナの葉巻の封を切る古稀の近づく誕辰なれば

「黒龍」を焼酎と書きしはわれのミステェーク殿下ご愛飲とぞ友知らせくる

山の友らと飲むは楽しと宣ひて席立たざりきみ子なき頃は

下谷・源空寺あたり

駅前に大き構への遊技店古書の店などとうに追はれて

切絵図に寺の位置など確かめていざ見む「名山図絵」の文晁の碑を

木立あれば即ち寺の風情にて下谷に画人の跡訪ねゆく

人物誌知るにはその墓碑読むがよし森銑三先生言ひにけらずや

市河米庵の屋敷跡あり文晁の「写山楼」跡いよいよ近し

思ひがけず眼に入る伊能忠敬の大き墓碑その師至時の墓に並びて

幾百の山を描きて倦まざりし谷文晁は脚強き人

脚力が知力支へしよき例か文晁の「山」と忠敬の「地図」

美しき国を説く者先づは見よ忠敬描きしかの輿地全図を

『おらんだ正月』読みしは六十年前のこと父買ひくれし始めての本

文晁の俸禄わづかに五人扶持されど画料は万金を積む

自画像の文晁意外に優男うりざね顔に総髪結ひて

歩みつかれてしばし憩へる「ホンジュラス」古川緑波を見し日もとほく

舟折りの瀬戸

舟折りの瀬戸の流れに黒鯛《ちぬ》釣るか小舟に一人長く動かず

伯方島にて

生ける海老生けるがままに今宵食む十尾二十尾飽き足らふまで

世界の海老の半ばは食らふ日本人その身幾百われも食みしか

大陸よりの黄砂に霧らふ瀬戸の海真向ふ今治の街の灯を消す

伯方島恋ひて行かざる十年と詠みたまひしか終の御歌に

平岩草子夫人

「ぎしぎし」に平岩不二男と鈴江草子の名を録す戦後アララギの歴史の中に

伊吹山北に迫りて見えくれば君に捧げむ言葉定まる

ステーキを馳走しくれしは祇園のこの店かヒマラヤ帰りの体いとへと

「林泉」の友らも新誌に加はらむその一言に心奮ひき

亡き弟に面ざし通ふと言ひましき或る夜君は少し酔ひゐて

文明先生の北京の一首掲げたる部屋に酌みにきコルドン・ブルーを

治兵衛老作りし庭にアラカシのあれば仰げり幹のたくまし

塵一つなき庭といふも困りもの喫ひし莨の殻にぎり去る

今宵の一合思ひ浮べて足とどむ錦小路の甘鯛の店

渋谷・百軒店

「人間たちを見てゐる」暇もあらばこそ四方の坂より人降り来たる

道玄坂上らむとして覗き見る恋文横丁ありし辺りを

台湾料理「麗郷」ありしもこの横丁鯨食はする店がまだある

「文化ムラ」に今日は用なし百軒店の酒場へ急ぐ昔の生徒に会はむ

文化ムラ過ぎれば目につく酒の店狭き一画百軒店か

ハワイよりこの会のために来しといふ離婚して子を養ふ男

離婚転職病気介護の話尽きハンカチ王子に話は及ぶ

ハンカチ王子爽やかなれど七連投したるワセダの投手を知るや

ある年の演劇祭に役くれき筋書きになき酔ひどれの役

「無断上演いけまっせん」と吾らを叱りたる青年俳優米倉斉加年

ことさらに退廃的に歌はむか井上陽水「ジェラシー」の唄を

この街の人間力は退廃すと言ひかけて止むわれも一人の酔ひどれオジン

人間力爆発せし日かつてありき安保デモに加はりし日の教師と生徒

己れ一人の事にて足るなと言ひて去る校長となりし元の生徒に

飛鳥川に沿ひて

㈠　石舞台から稲渕へ

何人《なんぴと》の何時の仕業か木々高く植ゑて見しめずかの石舞台

喜々として「石の舞台」に生徒らと立ちし遠き日幻に似て

美しき村に相応《ふさ》はぬ「みみっちさ」見ても減らぬぞ石の舞台は

稲渕の棚田を今に耕せり渡来人らの暮らし伝へて

この友と歌を語りて五十年飛鳥の川瀬遡りゆく

清らかに澄みて轟く飛鳥川石橋《いははし》あれば妻の手をとる

合歓《ねむ》の花咲けばほのぼの思ほゆれ処女《をとめ》の頃の汝の笑まひの

稲渕の勧請縄の雌《め》雄《を》論ず請安先生許したまはね

越えましし芋峠は今峠の訛りとぞ文明先生わかき日の説

宇須多岐比賣命の社に花梨の一木あり香久の木の実はまさしくこれか

㈡　大和・今井町

飛鳥川渡れば大き椋の木に洞あり古き仏をおきて

軒ひくき大和の古き寺内町寺の大尾根朽ちなむとして

大和の国茶どころなれば環濠の町に宗久腰を据ゑしや

宗久は死の商人とも言ひつべし鉄砲弾薬売りて巨きな富を得たりき

幾たりの茶人殺めし太閤かわが会津へ逃れし一人侘茶を伝ふ

千利休に腹を切らせしその真意われの理解の終に及ばず

九十翁すこやかに歌会に来たまへばわれも努めむ濃き茶すすりて

会津・「大塩」の湯

大塩の出湯は何に効くものか媼ら集めて昼も賑はふ

塩の湯を煮つめし会津の自然塩廃れき専売制の時代と共に

大地震《なゐ》に涸れゐし山の岩清水なゐの続きて蘇へりたり

毛ものらも来りて渇きをしのぐらし「クマに注意」の看板が立つ

朝々に薬缶に満たすこの清水朝のコーヒー宵の水割り

この夏の会津の暑気を拭ひ去り驟雨はたたく屋根を畑を

韃靼蕎麦

朝まだき十勝の川の岸に出づ水勢へる大河の姿

二、三本莨吸ふ間も晴るるなし狩勝峠の霧にぬれゐる

「山女魚鮨売る」と文明詠みしはこの駅かいま新得は蕎麦の町なり

広々と畑あり韃靼蕎麦が咲くヒマラヤ高地に会ひし紅の花

深田先生辿りし山ぞトムラウシわれは硫黄の湯を浴みしのみ

トムラウシ、ニペソツ、ピリベツ、ウペペサンケ北の山の名とりどりによし

天生峠　　平成二十年

加賀の白山下りて来しか靴ぬぎて草に安らふ皆若からず

栃の太樹群れ立つ谷のいく曲り天生峠はやうやく近し

この峠に現《うつつ》に立ちしと思はれず『高野聖』の鏡花の記述

宮川のほとりに食らふ子持ち鮎飛驒の「氷室」の一合に酔ふ

魚と占分ちて号とす球磨川に鮎よむ男上村占魚

常陸・専称寺

帰らざる覚悟に自ら墓建てて樺太めざしし間宮林蔵

広々と常陸相馬の二万石稔りし米はコシヒカリとぞ

カラフトの島なることを知らしめてしかと描きし「間宮の瀬戸」を

陰多き林蔵の一生を思ふべしフォン・シーボルトを密告したる人物

林蔵が教へを乞ひし景保は獄死し塩漬けの首を切られき

世界の地図に名を残す唯一の日本人間宮は俸祿三十俵にて

B・ブット女史を悼む

死者出でし演説会と聞きて胸さわぐ次ぎて告げくる君は死せりと

演説終へし女史待ちゐしは銃の弾《たま》警備手ぬるしと現地の友は

直線的思考と行動激しき国に何故いのちを惜しまざりしや

死に体の軍事政権捨ておけと友に託せるメールもむなし

郵便を送るは危険《デンジャラス》と弁護士の友出国す行方を告げず

民衆の前に出づるが責務とぞオアシスに会ひし少女は首相たらむと

鮭と棒鱈

誕生日すぎれば早やも年の瀬か父の齢を越えて十年

五十九の父は十人子をなせど吾は一人の子を持て余す

目覚むれば会津の国は銀世界スキー手にせる若者を見ず

スウィッチ・バックも今はわれらの語りぐさ中山平の駅通り過ぐ

氷割りて泉に汲める朝の水セレベス島のコーヒー淹れむ

久々に朝の飯炊く塩鮭と地の鶏生みし卵のあれば

棒鱈を幾日もかけて柔らめる会津の食はかくて強靱

会津歳晩

妻も子もテレビに明日の天気見る観天望気といふを知らぬか

一心不乱に己の顔をこすりゐる猫すら明日の雨天を告げて

外に立てば今宵まさしくおぼろ月明日の山行あきらめよとぞ

ヒンドゥ・クシュの谷に漆黒の夜をすごし「本当の夜」と言ひしは誰か

商社員の夫に従ひ外つ国に御子ら育てし君は賢夫人

勝千枝子刀自に

戦前のマニラの賑はひ知らざれど海の夕なぎ美しかりき

わが兄の使ひしザイルはマニラ麻亜麻仁油ぬるがわが役目にて

「柊」八十周年

「熊谷と吉田のために」書きしとぞ「柊」初期のエッセイ数篇

深田久弥氏

心の故郷と終生思ひいまししか『きたぐに』に「僕の福井」を収め給ひき

運命的な出会ひなりとも言ひつべし深田、吉田、熊谷、柴生田のかたき友情

「柊」の存亡かけしかの会に誹られし人亡く誹りし人も今病む

意を決し己励まし言ひしこと忘られゆかむ八十年の中の一齣

風早の鳴門

春の潮《うしほ》に乗りて幾たび来し島か待ちゐし君の面影に立つ

風早《かざはや》*の鳴門の渦潮越えて来ぬ島のわらびを摘みし日はるか

＊来島海峡の古称

春告魚を食みて一杯酒《ひとつき》乾せば憂き様々の去りゆく如し

この島に勇*は三月《みつき》杖とどめ海山詠みき百数十首

*伯方島に戦前、吉井勇は三か月滞在した

三月ゐてあまた歌得し人思へば三日のわが旅まことささやか

万葉の椌の木伝ふるかの浦を埋めむとするか愚かに人は

用心深く散りばめし相聞の歌いく首先生の心を今は肯ふ

待つことの嬉しさ切なさひそかにも伝へし刀自終にみまかる

人麿も旅人《たびと》も往きしこの海ぞ知りたし古代の航海術を

株安のこの世ものかは浦々にクレーン稼働す船つくらむと

安達太良

二本松は丹羽十万石の城下町小さき町が城山かこむ

春の雪たわわに積むは安達太良か江戸の世に登山記書きしはこの藩の儒者＊

＊漢学者安積艮斎

幾百の野鳥を山を詠みたりし悟堂の『安達太良』わが宝とす

維新の恥辱そそがむとして努めたり「信濃教育」創りし渡辺敏もこの町の人

安達太良の「胸」の突起に掌を置きしわれは十九の学生なりき

われと同じ年に登りしかの悟堂「乳首のあたま」と直截に詠む

『安達太良』に出でくる山は二百四十座ことなげに詠むこの怪人物は

今で言ふ省エネ生活の元祖なり裸で暮らしし中西悟堂

わが会津にては「おれ」も「おまへ」も丁寧語莫迦にされたと怒りたまふな

泉より汲み来し水にてまづ一杯水割りならずモカ・イルガチョフ

「ならぬことはならぬ」としばしば父言ひき今さら教へに背く気はなし

二本松の桜の蕾いまだ固く佇む十六歳の戦死の跡に

戊辰之役、二本松少年隊

生の行方

虚構容認論われらの歌誌に現はれて末世に向ふ歌の世界も

空理空論旺んなる世に気付かぬか歌の滅びに近づくことに

枡目無視してパソコン打つかこの人も砂嚙む思ひに歌稿読みつぐ

脳の軟化を早める仕業とわれは思ふ電子辞書などすぐ開くこと

星を仰ぎ生の行方を覚りたる古へありき空清かりき

この島にわらび摘みしもはるかなり会ひ得し春に鯛の飯食む

伯方島にて

日向数日

㈠　大赤榕

幹か根か見分けのつかぬ大赤榕《あかう》千年の命を伝へて茂る

日向・野島にて

境内に魚木を植ゑて蝶を呼ぶ翁ひたすら鍬を振ひて

宮女史を知る翁なれば語り合ふ大き葉茂る赤榕の下に

浜木綿の葉かげにひそむ蝸牛人間どもを今日も見てゐる

御綱柏と記したまひし老赤榕繁りしげりて社をおほふ

「跡位波」を見せむと友ら先立ちて蘇鉄自生の海ぎし下る

文明先生岬の馬には目もくれず波を詠み赤榕よみ人間をよむ

憂悶のさなかに来りたまひけむ青島の一首のみ『ふゆくさ』に載す

㈡　西都原から青島へ

空晴れて雲雀は歌ふ西都原古墳いくつか出で入るときに

この墳《つか》も此花咲耶にちなむもの莨畑の中の道ゆく

よき岩のあれば登らむわが性か岬神社の崖道のぼる

海を見下ろす岩壁攀づればば社あり柵はぐらぐら触るるなかれよ

この崎に底ごもり鳴る海潮音まさしく聞けり「跡位波」の音

時化なれば食らふ魚なき浜なりと命迫りし節嘆けり

油津も折生迫《をりゆうざこ》をも素通りす節の跡に心残して

摩竭の大魚

幾度来ても何故かひかるる布留沙布羅《ぷるしゃぷら》*テロルの絶えぬ日常なれど

*ペシャーワルの古称

身毒はインド信度はインダス大河にて玄奘記しき「彼岸見えず」と

摩喝の大魚と書きしは法顕か玄奘か「乾陀羅国《ガンダーラ》」の条《くだり》にその記述なし

摩喝の大魚いかなる魚か一目見む烏萇国《ウジャーナ》*の谷けふ溯る

*現在のスワート地方の古称

アレキサンドロス象の火攻めに苦戦せり前四世紀この烏萇国に

倶梨伽羅の火牛の計を言ふわれを一笑に付す祖先ら巨き象使ひしと

烏蓑国の河に丈なす魚棲むかと問へば示せり古新聞を

新聞の写真は若き日のこの翁ワイヤーに釣りし大魚を支ふ

あの橋脚の辺りが魚棲むポイントと言へど行き得ず要塞ありて

法顕らうつつに来りし烏萇国誰か釣らぬか摩竭の魚を

かの大魚ワニの類《たぐひ》と説く人ら見給へ水面を大魚跳ぶさまを

バザールの店々菴没羅《あんもら》*を高く積む玄奘来りしその日の如く

*マンゴーの漢名

バザールに選びし菴没羅三つ四つ朱あり黄あり緑も旨し

菴没羅の平たき種をねぶりつつ露台に過す長き黄昏《たそがれ》

骨　酒

日本海に注げる溪に何釣らむ鮎も山女も岩魚も棲めり

海近くひなに稀なるプチ・ホテル湯より上れば骨酒《こつざけ》が待つ

江戸の詩人詠みし銀漢今宵出でず黒《こく》洞々と夜が更けゆく

己が会社が削りし近江の山見つつ不機嫌なりきかの歌詠みは

デパートの檻に入れられ煙吐く絶滅危惧種人間われは

「不具合」とニュースは今日も伝ゑるＮＨＫの彼も彼女も

「故障」の二文字死語となりしか今宵また原発二基の「不具合」を言ふ

「コヒバ」が香る

家も巷も逃れ場のなき熱帯夜盆のバカンス夢のまた夢

校正の合ひ間に出でて一服す移転迫りし編集室か

引用歌のページ示さぬこの御仁締切り前の一時間惜し

モノクロのフランス映画を今宵見るギャバンもドロンも莨くはへて

酷薄なギャバンの唇くはへゐる莨は苦きジタンなるべし

さう言へば深田久弥も莨のみ「朝日」の吸ひ口つぶし喫《の》みゐき

歌会前の緊張ほぐす一服か友の莨の「コヒバ」が香る

西近江数日　　平成二十一年

黒人の船泊てしけむ安曇《あど》の河口人の影なく野鯉の跳ねる

わらぢ脚半に勝野を行きし文明先生か日華の戦の激しき頃に

若き宗良*編みしわらぢに西近江を歩みし先生逞しかりき

*万木宗良は文明門下の若者、近江路を先導

水澄まば魚は棲まずと誰《た》が言ひし安曇の流れに鮎はさばしる

万葉の世より伝はる里の名か宗良生《あ》れし西万木《よろぎ》鴨

近江の湖めぐり来りてむくろ樹の古き実拾ふ万木の森に

清々と林泉設《しましつ》らへし君の家しばし仰げりその大屋根を

ゆくりなく手にせし昭和九年の詠草集戦意昂揚の歌見当らず

文明の愛弟子にして歌連らね正*も宗良も戦に果てき

*相沢正、中支にて戦病死

「戦争に最も遠き」犠牲者と悲しみたりきその遺歌集に

万木宗良戦死のさまを今日は知る空母被弾し傷を受けしと

戦はず果てしと詠みし先生か情報乏しき時代の中に

かの会に集ひし多くは三十代老いと病ひの一首だになし

この湖に生ける嘆きをかく詠みき「迷ふことあり人といふもの」

この「湖」は近江の湖とも言ひ切れず謎なげかけし歌の一連

タバコ狩り

この月の本の買ひ初め『タバコ狩り』*煙草受難の今の世抉る

*室井尚の著書

アラン・ドロンをうつとり見るな女らよ悪魔の煙草の愛好者なり

競馬競輪かけごと許す国にして煙草を何ゆゑ根絶やしにする

「喫煙運転」による殺人は聞かざれど「飲酒運転」の死を告ぐ今日も

ＷＨＯのタバコ撲滅のキャンペーンかのボガードに飴しやぶらせて

巴里帰りの友のもたらすダビドフ・マグナム知る人ぞ知る煙草の王者

マラッカのホテルのボーイ乞ひて言ひきチップ代はりにマグナム欲しと

古は魔女狩り今はタバコ狩り異分子抹殺の思想恐ろし

ふる里会津へ走るバス代二千五百円廉きはよろしタバコ休憩もあり

杉並と神田往き来の日々にして煙草も喫へぬ東京の街

さて一服と油断召さるな電柱の蔭にひそむは制服ひとり

莨の煙りと蔑む勿れ人間も所詮は荼毘の一片の煙《けむ》

冬の旅――羽越・三面川　平成二十二年

㈠　木食仏海

スキー列車は死語となりたりトンネルを出でて無人のゲレンデつづく

東都より北の柳都へ一つ飛び「とき」は数多の駅黙殺す

眠りより覚めしばかりの城下町抱くが如く川流れ行く

世をはばかり弟棲みゐし肴町仏海上人木食の跡

五穀断ち入滅待ちし人思へばわれらの生死《しやうじ》余りに軽し

本邦最後の即身仏を吾が拝す上人仏海木乃伊の一軀

(二)　三面の鮭

鮭あまた吊せる街を通り来て般若湯とぞ体あたたむ

幻の酒ありぐびぐび咽喉《のみど》すぐ仏海上人許したまはね

鮭採るは村上藩士の誇りにて「魚《い》中《よ》の魚《ぼ》」と称し余すなく食ふ

イベリコのハモンの如き香味持つ三面川の鮭の塩引

今宵の鰻中か上かは我問はず酒ひと振りす茂吉思ひて

氷頭なます焼き塩引に腹子飯生の極みぞもの食ふことも

十勝数日、　坂本直行を憶ふ

帯広の空港出づれば友ら待つ柏の森を吾に見しむと

坂本直行描きし「日高の山」見むと柏の森の踏み跡いそぐ

柏木の並み立つ森の下草に朱の実あまた鈴蘭なるか

何ゆゑに展示止めしか直行の描きし山々「宝」と思へど

坂本龍馬の縁つづきなる直行さん北の大地に志とぐ

直行の福耳と赤ら顔思ひ出づ十勝野拓らきし大きその掌も

「歌会《うたかい》」などと柔《やは》な言ひ草止めたまへアララギにては常に「歌会《かかい》」ぞ

いつ迄も教へ子などと言ふなかれ教師の傲慢戒めし文明思ふ

「侘助」も「月下美人」も嫌味な語怒りたまひき半世紀まへ

武四郎の書斎

平成二十三年

幕末の蝦夷探検家、松浦武四郎、本邦六十余州の銘木を集め、一畳の書斎を造る

武四郎の一畳書斎は清々し「断捨離」などは笑止千万

かくまでに贅捨て得なば理想境うつつは脛打つ崩れし本に

伊能忠敬逝きたる年に生を承く称へよ単独行の松浦武四郎を

伊能図の山地の空白部究めたりネイティブ・ジャパニーズの助けをかりて

微細なる文字にて記す蝦夷大図アイヌの地名九千を超ゆ

この時代の探検者みな歩測せりチベット高地も蝦夷の奥地も
友ら住む「落部」すでに地図に出づ武四郎は「ヲトスベ」と片假名ふりて
「馬角斎」と称して神田に隠棲し一畳書斎の宇宙愛せり

蝦夷の地を北海道と名付けし人明治の世を生く自由気儘に

渋団扇に友人知己の自署あまたなかんづくシーボルトとモース博士の

人工衛星《ランドサット》の撮りしマップを人言へどケバ描法の蝦夷の図はよし

継ぎ足さば六畳大の蝦夷大図百五十年へて今もうるはし

大地震の日　神田界隈にて

・三月十一日午後二時四十六分、神田、東松下町の新アラギ編集室にて、吉村睦人と校正中に大地震に遇ふ。すぐ近くの小学校跡地の空地に避難す。幕末に千葉周作の道場のありし處なり。夕刻、やや余震落着きし頃に、吉村、西村（事務局）両氏と別れ、一夜過すべき處を求めて、神田界隈を徘徊す

お茶にせむかと言ひし途端になゐ起る校正中の編集室に
編集室の時計も本も落下せりなゐ鎮まると思ひをりしに
部屋中が波立つ如くゆれゐたり父母言ひし関東大地震が来しか再び

エレヴェーターにて脱出するはあきらめむ大テーブルの下に身を寄す

茂吉大人の短冊かかへ避難せり今を生きゐる吾のしるしに

気が付けば腹が空きをる午後十時コンビニに見出づ握り飯二箇

神田界隈ホテルはどこも満員か大地震《おほなゐ》過ぎし街辿りゆく

いんぎんに宿泊断る言葉きく神田路上に夜を過ごさむか

聖橋渡りて湯島の坂上るわれ泊めくるる宿のあるかと

かかる時ネオン怪しきホテルあり出でくる男女若くはあらず

難民の如く往き来する人の群われは発行所にて夜を明かすべし

部屋中のクッションを集めて寝ねむとす余震のことはさもあらばあれ

わが故郷、牡鹿半島渡波《わたのは》

・地震の数日後、わが同族の犠牲者名つぎつぎと新聞に出づ

母の里牡鹿渡波に「貴方の姓は三十軒」友の知らせは地震《なゐ》の前なり

新聞の犠牲者欄に今日は見る雁部修介わづか三歳

今日知りし犠牲者の名を書き留む雁部逸子（66）喜寿郎（61）みつき（6）ああ

牡鹿半島渡波桃の浦月の浦ちさき入江の美しかりき

支倉常長船出せしかの月の浦サンファン・バチュウスタ号如何になりしや

石巻を四度訪ひたる文明先生「牡鹿」の浦々見ぬまま逝けり

万葉の「黄金花咲く」島見むと思ひしならむ土屋文明

放射能の汚染がつひに始まりぬ野菜に土に飲む水までも

自らの制御の出来ぬもの作り滅びて行くかホモ・サピエンス

海鳴り　ふるさと渡波にて

・九月九日　やもたてもたまらず母の故郷渡波へ向ふ

㈠

牡蠣めしを先づは買ひ込み陸奥の母の国への旅ゆかむとす

高厦櫛比し街路に人はあふれたれど杜の都は緑を残す

母の顔久びさにして思ひ出づ仙石線に媼ら多く

地震《なゐ》ふりてすでに半年塩釜にブルー・シートの家多からず

ブルー・シート少なくなれど屋根と柱残すのみなる家並み続く

野蒜街道川ひろびろと展けつつまだまだ遠しわが石巻

塩害に放置されし穂何ならむ稲にもあらず麦にもあらず

塩釜を過ぎて線路は途絶せりともかく行かむ代替バスに

幼き日住みゐし稲井の特産に墓碑の石材ありと知るのみ

牧山《まきやま》の麓に墓標あまたあり古きは倒れ海へ額づく

石巻より渡波へ続く砂の浜泳ぎ覚えき高波の間に

潮飲みて泳ぎは覚えるものなりと父は許さず泣きゐし吾を

(二)

この浦ゆ大海越えしサン・ファン・バチュウスタ故里の水夫《かこ》も働きゐしや

三十家族住みゐし族《うから》散りぢりか廃墟の如き町もとほろふ

魚の香の乏しくなりし港町犬ゐてどこ迄も吾に従きくる

鮎川の港へ向ふバスを見きふるさとに知る喜びひとつ

女の正月といふ行事ありき逞しき女ら二股大根手に踊りゐき

分限者の隣りの女主人ゐて酔ひて唄へり怪しき歌を

舟小屋へ少年吾を誘《いざな》ひし少女よ君は何処行きしや

民俗学の授業にしるき石巻弁ふるさとの法印神楽を教へたまひき

本田安次先生

沖縄の古風学べ言はれしが戦跡の島見む勇気吾になかりき

なつかしき言葉をひとつ思ひ出づ母と行きにし「カンケイマル」を

早とちりしたまふなかれカンケイマル船の名ならず石巻一の大き商店

疎開六年わが母の憂さの捨てどころ要らざる焼物あまた買ひゐき

わが感傷を断ち切るごとく人は告ぐ「あの大店はもう潰れた」と

薄れゆく記憶の中の一つにて塩田ありき伊達藩の財源たりき

永劫の中の流沙の如きわれ海鳴りの伝ふる言葉と知れよ

知る人と会ふなき故郷の慰霊祭白菊一花ささげて別る

つづまりは歴史のひとこま崩れ去り再び生まるるその繰り返し

便利さを求むる暮らしは止めにせむデッド・エンドの日へ加速する

東京もつひに汚染の街となる空はひとつぞわが福島と

石巻・北上河口にて

十一月のある日、妻と石巻を訪ふ

わが同族《うから》二十数人失ひし津浪の去りてはや八か月

疎開せし日のごと水を湛へたる北上河口にいま葦を見ず

見の限りまともに残る何もなし市民病院の壁は立てども

日和山その山下の大き寺瓦の屋根と柱のみ見す

老人と幼児はこの坂のぼり得ず壮《わか》きはその死免れたれど

映像といへど津浪にひしめける車の中に生《しやう》ある人も

あな哀し業火に焼かれし小学校「健やかに育て心と体」の標語残るも

北上の河口の中州に残りゐる聖ハリストス教会奇蹟のごとく

沙の中に見出でてしばし戸惑ひぬ紛れもあらぬロザリオなれば

天の啓示と思ひて沙より拾ひ上ぐ伊万里の皿と白きロザリオ

大地震《おほなゐ》の津浪もなべては攫ひ得ずこの会堂と白きロザリオ

聖ザビエルの御骨《みほね》拝せし日も遠し「エレミア哀歌」かく唱へしか

「牡鹿」の浦々

㈠　仙台より塩釜へ

平成二十五年神無月半ば仙台を出立し、石巻を経て故里「牡鹿」の浦々へ向かふ。唯ただ故里の、大震災後の今の様を見むとて行くなり。時あたかも慶長使節団の月の浦より大海へ船出せしのち、四百年目なり。
　歌友今野英山、千葉照子、妻輝子同行す。

降り立てば復興しるき仙台か老若男女通りに群れて

人通り多しと言へど道をゆづり合ふ流石と言はめ杜の都は

駅ナカに牛タンの店おびただし魚《うを》より肉か仙台人も

故里の牡鹿の浦の「吉次*」あればためらはず入る鮨握る店に

*金目鯛の類

渋滞の車を捨てて登りゆく青葉城三の丸跡支倉展へ

法王の謁見の日にまとひける常長の衣服刺繡絢爛

政宗はかの大船を黒船とソテロは「さんふらぬしすこさべりうす」とす

本塩釜の駅に記せる「津波浸水深」一七〇センチとぞ吾が丈《たけ》五センチ足らず

製塩をここに伝へし神まつる社賑はふ朝の集ひに

参道に敷くは故里の井内石幾百枚ぞ土に似る色

㈡　石巻・渡波《わたのは》

北上の中州に残るハリストス正教会水草枯れて壁にからまる

会堂の庭に瓦を見出でたり砂を払へばクルスが浮かぶ

何もなし会堂のなか何もなし女絵師《をみな》描きし聖画《イコン》もなべて

会堂の鴨居にわづか残されし鏝絵《こてゑ》の南蛮葡萄唐草

唐草の剝落恐れ塗り込めし緑の塗料美しからず

創建の頃のデザインそのままか葡萄唐草の中なるクルス

二年前沙中に見出でしこの数珠《コンタツ》は北上河口の海へ還さむ

「観慶丸陶器店」かつての廻船問屋にて店の円形《アール》は船首思はす

この店は昭和始めのモダニズム三階建ての全面タイル

疎開六年母は要らざる陶器買ひ我《あ》に食はしめきライスカレーを

辛うじて津波と地震に耐へし店改築決まると聞くは嬉しも

㈢　渡波にて

魚《うを》の香の全く絶えし港町少年の日のよすがもあらず

かつて我が泳ぎ覚えし長浜の白砂消えたり堤防成りて

この先は見るなと友は遮りぬ白沙青松見るかげなしと

堤防を次々越ゆる高波のその轟きが我が胸を打つ

永劫にわれ打つ如き波の音ふるさと人《びと》の怒りとも聞く

自からが見て来し如く祖母言ひき祝田浜のかの敵討ち

許されし本邦最後の敵討ち討ちし人の名久米の某《なにがし》

㈣　桃の浦から月の浦へ

電柱の高きに「桃の浦」の文字つひに来しかな黒船建造の地に

桃の浦小さき入江の汀には津波さらひし家の跡のみ

復興は未だ遅々たり浜近く小さき突堤半ばは成れど

慶長の大津波来し二年のち大船造りし力思へよ

船奉行すなはち幕府の目付け役向井将監の日誌読みたし

将監の屋敷を江戸切絵図はしかと載す「御厩河岸之渡」近くに

杉板は気仙曲げ木は江刺に伐り出だし人ら励みき黒船《ふね》造らむと

月の浦に三本マストの帆を張りしガレオン型の船五百噸

慶長十八年帆を張り出でし月の浦禁教令はその一年後

「霊魂《アニマ》」のこと頼み参らすと世を去りし豊後の王を名乗りし人は

洗礼名無けれど伊達の政宗も奥州王と名乗るべかりし

月の浦に残る南蛮井戸一つ大航海の命支へき

はるばると青葉城よりこの浜に政宗来しや慶長使節出帆の日に

正使ソテロ副使常長それぞれの思惑記せり法王庁は

㈤　萩の浜から鮎川へ

疎開の日従兄弟の舟に来し港荻の浜には啄木も来し

釧路より横浜へ航《ゆ》く中継地啄木は詠むとろろと鳴きし鳶《とんび》を

わたつみの神の社の急斜面軽がる登りし啄木二十三歳

鮎川の復興食堂に鮨を食む鯨の握り一つ添へしを

鯨の鮨牛肉に似て旨けれど矢張り魚《うを》とは味を異《こと》にす

つひに見《まみ》ゆ瀬戸の向かふの金華山土屋文明も行かざりし島

大津波海押し分けし写真ありモーゼ導くかの道に似て

㈥　女川より渡波へ戻る

どの浦も家居は未だ乏しくて送電線のみ空を圧せり

山が鳴り海裂けし日を思ひゐつ町消え人ゐぬこの女川に

すがるものあらねば唱ふ「この人を見よ《ホモ・エッケ》」磔刑受けて信枉げぬ人

入海の奥処に破壊免れき疎開地「牡鹿」の沢田折立

疎開六年その時の友ら老いたれど逢はずともよし恙なければ

石巻線再開せしを今日は知る灯をともし行く「復興列車」

あとがき

この歌集『山雨海風』には、平成十七年から平成二十五年に至る作品五百二十首余りを収めた。『ゼウスの左足』（平成二十二年刊）に次ぐ第五歌集ということになる。

歌集の題名は正岡子規が日清戦争の折、従軍記者として携行した旅行鞄に記した語句「山雨海風」をそのまま借用した。その中の「山」は、父の故郷の会津を、「海」は母の故郷の宮城県の漁港、渡波《わたのは》（現在は石巻市に編入）をひそかに象徴させた。

戦中戦後の六年間を私は、渡波の東方の小集落（沢田）で過した。疎開生活とはいえ、衣食住にも恵まれ、海と山の織りなす大自然の中で、大らかな生活を送ったことが、後年の自分を山好きな、なかんずくヒマラヤ人間に仕立て上げる素地を養ったことは間違いない。ヒマラヤはキチキチした人間には不向きな場所である。

近年、私の身の上に二つの大きな変化が起った。一つは、吉村睦人氏の後を承けて歌誌「新アララギ」の代表となったことである。

元々、発足時から年配者の多かったわが「新アララギ」は、当時の会員が半減してしまい、この危機的な状況をどう打開してゆくかが当面の大きな課題である。

二つ目は平成二十三年三月十一日に起った東日本大震災である。この破滅的な大災害については、同時に起った原発事故と共に、今日に至るまで何十万人もの人々の生活を根底から覆すことになったが、その経過は周知の通りである。

前述した如く、私は戦中戦後の六年間を母の故郷、渡波とその周辺の地方で過したが、この度の大震災により、古くから牡鹿半島の有数の漁港として知られる渡波は潰滅的な打撃を受けた。そこには私の同族が三十家族ほど住んでいた。震災の翌日から、新聞報道で震災犠牲者の一覧が告知されたが、その初めの日に雁部姓の犠牲者の氏名が載っていたのを知った時の驚きは、何と言ったらよいか、表現できない。それからしばらく、連日のように、同族の人々の氏名が発表された。

私はこの数年の間に、何十年も訪れることのなかった疎開地、石巻や渡波の地を繰り返し踏むこととなった。少年時代に過した自然ゆたかな海と山はどうなったか、それを見ておきたいという素朴な気持が主であった。牡鹿半島を一周し、多くの浦々を訪ねたが、昼日中の街道には人影は全く見当らなかった。ボランティアの姿を見ることもなかったというのが実情であった。

私は小さな浦々の、深い藍の色を湛えた海を見ているだけで十分だったが、歌を詠む者の悲しい性《さが》と言うべきか、手帳にメモの如き歌を書きつけてしまう事となった。それらの作品とも言えぬ歌を公表するに当っては、ほしいままな空想やレトリックを弄ぶような事だけはすまいと自らに課した。

本書所収の作品は「新アララギ」を初め、多くの短歌総合誌に発表したものばかりである。これらの諸歌誌の関係者の皆さんに感謝の意をここに表したい。なかんずく、幾度も拙いわが歌に誌面を提供してくださった短歌研究社の堀山和子氏に厚く御礼を申し上げたい。

本歌集は今回、砂子屋書房の田村雅之氏の熱心な慫慂により同社より刊行の運びとなった。田村氏に刊行の全てをゆだね、その上梓の日を楽しみに俟ちたい。また、装幀の倉本修氏により、この歌集に新しい生命が吹き込まれることをひそかに期待する次第である。

平成二十八年八月十五日

東京、杉並にて記す　雁部貞夫

〔追記〕

宮城県東松島市在住の雁部那由多君（現・石巻高校一年）は小学校五年生の時に、東日本大震災に遭遇し、生き残った。その後、仲間の中学生と共に、この大災害の「語り部」として活動を続けている。その活動の一端が、今年の二月に『16歳の語り部』（ポプラ社刊）として出版された。ぜひ「大人が見過ごして来てしまった子どもたちのリアルな声」に耳を傾けてもらいたく、ここに紹介する次第である。

著者略歴

雁部貞夫（かりべ　さだお）

一九三八年生まれ、早稲田大学卒。著述業。

日本山岳会会員、ヒマラヤンクラブ会員。

新アララギ代表。現代歌人協会会員。日本歌人クラブ中央幹事。

編書

深田久弥『ヒマラヤの高峰』（白水社）、『ヒマラヤ名峰事典』（平凡社）ほか多数。

著書

『カラコルム・ヒンズークシュ山岳研究』『岳書縦走』『秘境ヒンドゥ・クシュの山と人』（以上、ナカニシヤ出版）、『山のひと山の本』（木犀社）、『韮菁集をたどる』（青磁社）。

訳書

ショーンバーグ『異教徒と氷河』『中央アジア騎馬行』、ヘディン『カラコルム探検史』（以上、白水社）その他。

歌集

『崑崙行』『辺境の星』『氷河小吟』『琅玕』（以上、短歌新聞社）、『ゼウスの左足』（角川書店、赤彦文学賞）。

歌集　山雨海風

二〇一六年一〇月二一日初版発行

著　者　雁部貞夫
東京都杉並区成田東五―三一―九（〒一六六―〇〇一五）

発行者　田村雅之

発行所　砂子屋書房
東京都千代田区内神田三―四―七（〒一〇一―〇〇四七）
電話　〇三―三二五六―四七〇八　振替　〇〇一三〇―二―九七六三一
URL http://www.sunagoya.com

組　版　はあどわあく

印　刷　長野印刷商工株式会社

製　本　渋谷文泉閣